Oileán na nDraoithe

An chéad chló 2017

Údar: Proinsias Mac a' Bhaird
Maisiú, leagan amach agus clóchur: Caomhán Ó Scolaí
Cóipcheart © Caomhán Ó Scolaí
Cóipcheart © Proinsias Mac a' Bhaird

© Éabhlóid, 2016

ÉABHLÓID
Gaoth Dobhair, Tír Chonaill

ISBN (Clúdach bog) 978-0-9956119-1-7
ISBN (Clúdach crua) 978-0-9956119-5-5

Arna chlóbhualadh in Éirinn ag Johnswood Press Ltd

Buíochas le Mícheál Ó Domhnaill.

Bhuaigh an scéal seo duais i gcomórtas liteartha Oireachtas na Gaeilge 2013.

Tá Éabhlóid buíoch d'Fhoras na Gaeilge as tacaíocht airgeadais a chur ar fáil.

Foras na Gaeilge

eolas@eabhloid.com
eabhloid.com

Oileán na nDraoithe

Proinsias Mac a' Bhaird

**I gcuimhne ar m'athair mór,
Joe Mhicí Neid Mac Grianna.**

*De réir scéala, chonaic sé na creagacha cáiliúla sin,
na Mic Ó gCorra, atá ina luí amach ó chósta
Dhún na nGall, ag bogadh i dtreo Árainn Mhór.*

An Comórtas

Dé Céadaoin a bhí ann, thart fá fiche cúig i ndiaidh a haon sa tráthnóna. Bhí aimsir dheas ann. Ní raibh néal sa spéir agus bhí an ghrian ag soilsiú. Ar lá mar sin, ní fhéadfá níos fearr a dhéanamh ná cuairt a thabhairt ar an trá, picnic a ithe agus a dhul ag snámh. Laethanta deasa samhraidh mar sin, cuireann siad lúcháir agus gliondar ar do chroí. Ar an lá áirid seo, bhuail triúr naomh le chéile ag bun cnoc mór.

Le bheith fírinneach, níl a fhios agam caidé an fáth ar tugadh naoimh orthu, nó ní raibh a dhath naofa fá dtaobh daofa. Triúr bligeard a bhí iontu. Bhíodh siad i gcónaí ag troid agus ag cur mallachtaí ar dhaoine nár thaitin leo. Colm, Duach agus Beaglaoch — sin na hainmneacha a bhí ar an triúr "naomh" seo.

Colm, bhí sé an-láidir. Bhí gruaig rua agus féasóg air. Anois, is iomaí duine a bhfuil gruaig rua agus féasóg air, ach sheas Colm amach ón slua, mar bhí a chosa an-mhór ar fad. Bróga méid 57 a chaith sé! Bhíodh bata mór leis gach áit a dtéadh sé. Bata é seo a tháinig anuas chuige óna athair agus óna athair mór. Bhí spága móra ag achan fhear acu agus ba ghnách leo úsáid a bhaint as an bhata le iad féin a choinneáil cothrom ar an bhealach mhór. Tá sé furasta go leor siúl agus bróga méid 57 ort ach tá sé damanta deacair rith iontu. Bain triail as lá inteacht, tchífidh tú féin cad tá i gceist agam.

Níor mhaith leat bualadh le Colm san oíche mar ní raibh radharc na súl go rómhaith aige. Ba mhinic a rachadh sé a chiceáil caorach sna páirceanna lena bhróga móra mar gur shíl sé gur taibhsí a bhí iontu.

Lá amháin, chiceáil sé gasúr óg a bhí ag iarraidh cuidiú leis dul trasna an bhealaigh mhóir, é den tuairim gur leipreachán a bhí ann a bhí ag iarraidh a chuid airgid a ghoid. Bhal, tá a fhios ag achan duine beo nach mbíonn leipreacháin ag goid airgid ó dhaoine, ach ba chuma le Colm. An buachaill bocht. Bhí sé nimhneach ar feadh seachtaine!

Bhí Duach, an dara naomh, an-bheag. Nuair a bhí sé ar scoil bhíodh na páistí eile ag magadh air mar go raibh sé chomh beag sin. Lá amháin, sheas an máistir air trí thimpiste. Bhí an múinteoir iontach

buartha ach thosaigh na páistí eile ag titim thart ar an urlár ag gáire. Ar an drochuair do na páistí sin a bhí ag scigireacht bhí Duach ábalta draíocht a dhéanamh. Chuaigh buachaill amháin 'na bhaile an oíche sin agus fuair sé seilidí ina leaba. Bhí cailín eile sa rang a bhí ag gáire agus níor stad smuga ag rith amach as a gaosán go ceann seacht-aine. Maidir leis an mhúinteoir bhocht, d'fhás dealga ina chuid éadaigh ar fad: ina stocaí agus faoina veist, ina bhrístí beaga agus faoina hata. Bhí sé á thochas féin ar feadh míosa. B'éigean don

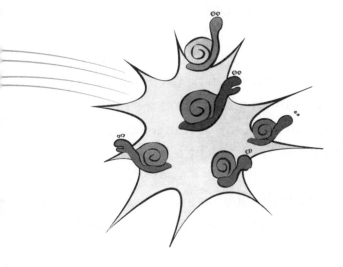

fhear bhocht dul chuig an dochtúir agus uachtar speisialta a fháil.

Ansin bhí Beaglaoch ann. Bhí Beaglaoch ramhar. Bhí sé i gcónaí ag gáire ach ní raibh aon chairde aige. Ní raibh aon duine ábalta fanacht in aice le Beaglaoch fada go leor le cairdeas a dhéanamh leis. Tuige? Mar bhíodh Beaglaoch i gcónaí ag broimnigh! Anois, níl mé ag caint faoi thofóga beaga ciúine nach dtugann aon duine faoi deara, ach bromanna fada torannacha! Ní raibh neart ar bith ag Beaglaoch bocht air. Gach cúpla bomaite tháinig ceann mór agus ní raibh sé ábalta é a stad. Ba mhór an trua é, mar bhí Beaglaoch iontach greannmhar agus bhí a lán scéalta maithe aige. An fhadhb a bhí ann ná nach raibh aon duine ábalta deireadh an scéil ghrinn a chluinstin mar … Prrrruppp!… tháinig boladh uafásach agus thit an duine a bhí ag éisteacht leis an jóc síos ar an talamh ag tachtadh.

Ar scor ar bith, tháinig an triúr naomh seo le chéile an trathnóna Céadaoin seo mar bhí obair mhór le déanamh. Bhí scéal faighte acu go raibh triúr draoi a raibh cónaí orthu ar cheann de na

hoileáin amach ón chósta, Oileán na nDraoithe, ag cur isteach go mór ar an phobal. Bhí scéalta uafásacha cloiste acu faoi na draoithe seo. Ar an chéad dul síos d'ith siad páistí beaga! Chomh maith le sin, d'úsáid siad cnámha na bpáistí le draíocht dhorcha a dhéanamh. AGUS, bhí dúil mhór acu in Manchester United agus bhí fuath ag na naoimh ar Mhan U.

OK, ceart go leor! Tá mé ag insint bréag fán tríú rud. Tá a fhios ag gach duine nach raibh Manchester United thart an t-am sin, ach níl mé ag insint bréag ar bith fán chéad ná fán dara rud. Ba ghnách leo páistí beaga a ithe agus draíocht dhorcha a chleachtadh!

Anois, níor ith siad páistí achan lá, go díreach ar laethanta speisialta nuair a bhíodh cóisir mhór ar siúl. B'fhéidir ar an lá ab fhaide den bhliain nó ar Oíche Shamhna. Ar na laethanta sin, thógadh siad páistí agus chuireadh siad isteach i bpotaí móra uisce iad ar feadh cúpla uair lena ndéanamh bog. Nuair a bhíodh na páistí cócaráilte, gheibheadh na draoithe forc agus scian mhór agus thosaíodh siad ag ithe na bpáistí, na cosa agus na lámha, an fheoil ar an bholg agus sna pluca. Chuireadh siad na súile isteach i bpota speisialta agus dhéanadh siad anraith amach astu.

Bhí dúil mhór acu sna súile mar nuair a bhaineann tú plaic amach as súil: Pop! Pléascann sí agus tagann an sú milis amach ... neam neam! Achan lá eile den bhliain bhíodh cál agus préataí acu. Mar sin, bhíodh siad i gcónaí ag fanacht ar na

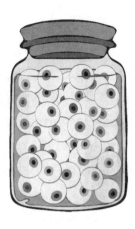

laethanta móra nuair a bheadh feoil bhlasta na bpáistí agus sú na súl acu!

Bhal, bhí Colm, Duach agus Beaglaoch ag iarraidh deireadh a chur leis na draoithe gránna seo. Sin é an fáth a dtáinig siad le chéile an Chéadaoin samhraidh seo.

Mar a dúirt mé roimhe seo, ba mhinic na naoimh seo ag troid is ag argáil agus ní raibh siad ábalta a shocrú eatarthu féin cén duine acu a rachadh isteach go dtí an t-oileán leis na draoithe a dhíbirt! Ní raibh Colm ná Duach sásta dul sa bhád le Beaglaoch mar gheall ar an bholadh. Ní raibh Duach ná Beaglaoch sásta dul in éineacht le Colm ar eagla go bhfaigheadh siad cic ó na cosa móra nó buille ón bhata mhór siúil a bhí aige. Ní raibh Colm agus Beaglaoch ag iarraidh dul le Duach mar, ní bheadh a fhios agat, b'fhéidir go bhfaigheadh siad cosa froganna ina gcuid Weetabix ar maidin dá suífeadh siad air trí thimpiste!

Tháinig siad le chéile — bhal, sheas Beaglaoch fiche slat ar shiúl ón bheirt eile — ag iarraidh an fhadhb a réiteach. Bhí achan fhear den triúr acu bródúil agus mórtasach. Bhí gach duine acu ag iarraidh a chuid féin den chlú agus den cháil, a bhainfeadh leis na draoithe a mharú, a fháil agus ní raibh sé ag iarraidh an clú sin a roinnt leis an bheirt eile. Bheadh onóir agus moladh ar fud na hÉireann ar fáil don naomh a bheadh ábalta na draoithe a dhíbirt gan cuidiú ar bith! Ach cé a rachadh isteach 'un oileáin chun an beart a dhéanamh?

Sa deireadh bhuail smaointiú Beaglaoch. Bhí sé fós ina sheasamh píosa maith ar shiúl ón bheirt eile agus thóg sé tamall orthu siúd ciall a dhéanamh den phlean a bhí aige. B'éigean do Bheaglaoch an plean a mhíniú trí bheith ag scairtigh in ard a ghutha:

"BEIDH COMÓRTAS AGAINN."

"Beidh cóisir againn?" a dúirt Duach. "Caidé tá sé ag caint faoi? Tuige a mbeadh cóisir againn?"

"Níl a fhios agam," arsa Colm. "TUIGE A BHFUIL TÚ AG IARRAIDH CÓISIR A BHEITH AGAINN, A BHEAGLAOICH?"

"NÍ CÓISIR, COMÓRTAS!" a scairt Beaglaoch ar ais os ard.

"Comórtas, a dúirt sé," arsa Colm. "CÉN SÓRT COMÓRTAIS?"

Scairt Beaglaoch ar ais.

"CAITHFIMID CROSA! CIBÉ DUINE ATÁ ÁBALTA CROS A CHAITHEAMH ISTEACH GO DTÍ AN tOILEÁN, SIN AN NAOMH A RACHAIDH ISTEACH CHUN NA DRAOITHE A MHARÚ!"

"Caidé do bharúil, a Dhuaigh?" arsa Colm.

"Maith go leor," arsa Duach.

Bhí an socrú déanta! Rachadh achan duine acu suas ar an chnoc agus cros ina lámh aige. Chaithfeadh siad na crosa agus cibé duine a bhí ábalta a chros a chaitheamh isteach go dtí an t-oileán, sin an fear a rachadh isteach leis an ruaig a chur ar na draoithe.

Beaglaoch a chuaigh suas ar an chnoc a

chéaduair. D'fhan an bheirt eile síos giota beag, ach choinnigh siad súil ghéar air ar eagla go n-imreodh sé cleas orthu. Sheas Beaglaoch suas ar mhullach an chnoic, a chros ina lámh aige. Bhí sé ciúin ar feadh bomaite, ag iarraidh é féin a dhéanamh réidh don chaith. Ansin smaointigh sé gur chóir dó paidir a rá. I ndeireadh na dála naomh a bhí ann, agus b'fhéidir gur cheart dó cuidiú a iarraidh ó Dhia. Smaointigh sé ar feadh soicind agus ansin dúirt sé an phaidir. Scairt sé amach:

"Le mo chuidiú féin agus le cuidiú Dé, rachaidh an chros seo go hOileán na nDraoithe."

Rug sé an chros ina dhá lámh, tharraing sé anáil mhór, chuir sé cos amháin taobh thiar de agus chas sé a chorp réidh don chaitheamh mhór. Thiontaigh sé, a mhéara ag scaoileadh leis an chros … Pprrrrrupp … sciorr broim mhór fhada amach as a thóin! Beaglaoch bocht!

Anois, níl a fhios agam an bhfaca tú nó ar chuala tú ariamh faoi bhundúchasaigh na hAstráile — Na hAborigines! Bhal, is cinnte gur chuala tú fán uirlis chogaidh fhíochmhar sin atá acu … an búmarang. Bhal, ní thig liomsa cur síos níos fearr

a dhéanamh ar an chaitheamh a rinne Beaglaoch
ná a rá go ndearna a chros 'búmarang' mór
timpeall na spéire agus gur tháinig sí anuas arís
chóir a bheith san áit ar thosaigh sí!

Tháinig Beaglaoch anuas an cnoc arís, díomá an
domhain air. Níor labhair sé leis an bheirt eile.
Leis an fhírinne a dhéanamh, ní dhéanfadh sé lá
difir dá labharfadh sé leo, mar ní chluinfeadh siad
é — bhí siad ag bogadh ar shiúl a fhad is a bhí sé
ar an bhealach anuas, mar bhí an boladh ón

bhroim mhór ag teacht anuas roimhe. D'imigh Beaglaoch agus a cheann sa talamh aige!

Ansin chuaigh Duach suas an cnoc. Bhí sé chomh beag sin go raibh air seasamh ar chloch chun radharc ceart a fháil ar an oileán. Bhí Colm ag coinneáil súil an-ghéar air lena chinntiú nach mbeadh draíocht in úsáid aige chun an chros a threorú isteach go dtí an t-oileán. Réitigh Duach é féin. Rinne sé casacht lena sceadamán a ghlanadh agus dúirt sé paidir i nglór a bhí i bhfad níos mó ná a chorp beag:

"Le mo chuidiú féin agus le cuidiú Dé, rachaidh an chros seo go hOileán na nDraoithe."

Rinne sé iarracht mhór agus chaith sé an chros le achan phíosa fuinnimh a bhí ann.

Sheol an chros amach sa treo cheart, amach agus amach. D'ardaigh dóchas an fhir bhig … b'fhéidir … sea … chóir a bheith…. Á! Tháinig an chros anuas ar cheann de na hoileáin bheaga a bhí ina luí san fharraige idir Oileán na nDraoithe agus tír mór. Má bhí díomá ar Bheaglaoch roimhe, bhí a dhá oiread díomá ar Dhuach, ach níor chaill sé misneach. B'fhéidir fós nach mbeadh Colm ábalta cros s'aige féin a chaitheamh an bealach ar fad isteach go dtí an t-oileán. Sheas sé ansin ag fanacht, Colm á scrúdú aige.

Chuaigh Colm suas ansin go barr an chnoic, a chros ina lámh aige. Bhí adhmad na croise garbh faoina mhéara, ach ag an am chéanna beag. Cén dóigh a dtiocfadh leis rud chomh héadrom bídeach sin a chaitheamh a fhad le hOileán na nDraoithe? Cinnte, chuirfeadh an ghaoth ar strae í. Tuige, ar chor ar bith, ar aontaigh sé leis an chomórtas amaideach seo? Dhruid sé a shúile tamall ag smaointiú dó féin agus nuair a d'oscail sé arís iad bhí gach rud soiléir dó. Chonaic sé an t-oileán amach os a chomhair. Scairt sé amach in ard a ghlóir:

"Le cuidiú Dé agus le mo chuidiú féin, rachaidh an chros seo go hOileán na nDraoithe!"

Tharraing sé anáil mhór isteach agus chaith.

D'imigh an chros óna lámh. Sheol sí suas sa spéir, suas, suas trasna aghaidh na gréine amach. Bhí súile Choilm agus Dhuaigh araon sáite sa chros.

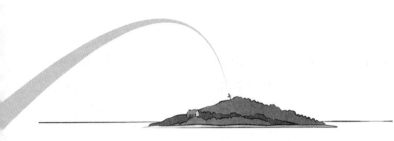

Thosaigh sí ag teacht anuas. Anuas, anuas léithe gur bhuail sí an talamh i gcroílár an oileáin! Léim Colm le gáir áthais! Bhí an comórtas bainte aige!

Anois, caidé do bharúil? Tuige ar éirigh le Colm a chros a chaitheamh isteach go dtí an t-oileán agus nár éirigh leis an dá naomh eile? Sin ceist mhór agus ní thuigeann aon duine i gceart cén dóigh ar tharla sé. Deir daoine gur éirigh leis mar gur luaigh sé Dia a chéaduair ina phaidir agus gur chuir Duach agus Beaglaoch iad féin chun tosaigh ina gcuid paidreacha féin. Níl a fhios agamsa, sílim féin gur theip orthu mar go raibh Duach róbheag agus gur lig Beaglaoch broim mhór uaidh nuair a bhí sé ag caitheamh a chroise, ach is cuma, thig leatsa d'intinn féin a dhéanamh suas faoi.

Ar scor ar bith, bhí lúcháir an domhain ar Cholm. Eisean a rachadh isteach chun na draoithe a dhíbirt ón oileán. Aigesean a bheadh an ghlóir, an onóir agus an cháil! Bheadh muintir na hÉireann ag caint faoi ar feadh na mblianta. Scríobhfaí scéalta faoi. Eisean a bhain an comórtas!

Ansin, d'amharc sé ar Dhuach beag a bhí ag déanamh a bhealaigh síos an sliabh, agus smaointigh sé nach raibh a dhath déanta aige go fóill. Bhain sé an comórtas idir an triúr naomh ach bhí na draoithe roimhe go fóill. Draoithe a raibh an asarlaíocht agus an draíocht dhorcha ar eolas acu agus a d'ith páistí. Págánaigh a bhí iontu a bheadh ag iarraidh é a mharú — agus bhí triúr acu ann! Tháinig eagla bheag ar Cholm.

Na Draoithe

Shuigh an triúr draoi, Tadhg, Brian agus Úna, siar ar an tolg. Bhí siad fós lán ón lá roimhe. Ní raibh féasta mar sin acu le fada. Seachtar páiste a d'ith siad idir an triúr acu. D'ith siad cúigear leanbh óg agus beirt bhuachaill a bhí chóir a bheith deich mbliana d'aois. Róst siad na páistí beaga ar an tine. Bhí feoil na mbuachaillí righin go leor ach an-bhlasta. Bhí an béile chomh mór sin nach raibh siad ábalta é a chríochnú an oíche roimhe sin ach ba chuma leo, bheadh béilí deasa acu ar feadh cúpla lá go fóill. *Buachaill Bolognaise*, ab fhearr le hÚna ach bhí dúil ag Brian in *Casaról Cailín le Meacain Dhearga agus Piseanna*. Thaitin mogaill súile le huachtar reoite leo beirt mar mhilseog. Ba

25

chuma le Tadhg — d'íosfadh sé iomlán páiste gan anlann ar bith!

Bbbuurrppp!

"Gabh mo leithscéal," a dúirt Brian. "D'ith mé barraíocht!"

Rinne sé iarracht bogadh ón tolg ach ní raibh sé ábalta. Luigh sé siar arís agus lig sé osna.

"Aidhe," arsa Tadhg. "Ba bhreá an béile é. Ní bheidh ocras orm arís go hOíche Shamhna!"

D'éirigh Úna ón tolg. Bhí féasta an-mhór acu an lá roimhe sin ach bhí obair le déanamh anois. Bhí putóga agus giotaí beaga de pháistí ar gach pláta sa teach agus bhí uirthi iad a ní anois go díreach nó bheadh boladh millteanach ar fud an tí amárach.

Tharraing sí chuici na plátaí agus thosaigh sí á ní. Bhí lá breá gréine ann agus d'amharc sí amach an fhuinneog agus í ag ní na soithí. Bhí an fharraige ciúin agus gan ach corrnéal fánach sa spéir. Lá álainn!

Siúd í i mbun na hoibre nuair a thug sí faoi deara go raibh bád beag ar an fharraige. Bád seoil a bhí ann, a shíl sí. Bhí pictiúr inteacht ar an tseol ach ní raibh sí ábalta a dhéanamh amach caidé go díreach a bhí ann. Lean sí ar aghaidh ag ní agus ag glanadh, a súil ar an bhád i rith an ama. Shíl sí gur iascaire a bhí ann a bhí ag iarraidh a chuid eangach a chaitheamh amach thart fá na hoileáin bheaga. Níor thug sí mórán airde air. Bhí timireacht go leor le déanamh aici.

Fá cheann tamaill, d'amharc sí amach arís. Bhí an bád ansin go fóill, é ag teacht ní ba chóngaraí d'Oileán na nDraoithe i rith an ama. Bhí sé níos soiléire di anois agus bhí sí ábalta an pictiúr ar an tseol a fheiceáil. Cros a bhí ann! Cé seo a bhí ag teacht trasna na farraige chucu? Chonaic sí an pictiúr sin aroimhe, ach cén áit? Cros…, cros…? Smaointigh sí go géar agus ansin tháinig an freagra chuici. Críostaithe! An dream udaí a bhí ag iarraidh smacht agus deireadh a chur leis na draoithe!

Bhuail taom imní í. Chuala sí scéalta faoi na Críostaithe seo, ní dream deas a bhí iontu ar chor ar bith. Bhíodh siad i gcónaí ag dul thart ag cur isteach ar dhaoine. 'Bígí deas le chéile!' a deireadh siad. 'Ná gortaigh aon duine!', 'Tabhair cuidiú do dhaoine bochta!', 'Ná bí ag ithe páistí!' — sin cuid de na rudaí amaideacha ar ghnách leo a rá!

Bheadh a fhios ag Tadhg cad ba cheart a

dhéanamh! Rith sí isteach agus thosaigh sí ag croitheadh na bhfear a bhí ina gcodladh ar an tolg.

"Músclaígí, músclaígí! Tá bád ar an fharraige agus tá cros ar an tseol!"

D'oscail Tadhg a shúile go mall agus thóg sé bomaite air a thuigbheáil cad a bhí á rá ag a bhean. Bhí Brian ina shuí, scanradh ina shúile. Bhí sé féin óg agus níor thuig sé cad a bhí ag tarlú.

Anois, b'fhéidir nach bhfaca tú fear mire ariamh, ach dá bhfeicfeá Tadhg an tráthnóna sin, thuigfeá cad ba bhrí leis an fhocal mire. Nuair a chuala sé caint a mhná las a shúile le gangaid agus le fuath. D'éirigh sé in airde agus bhí a chorp mar a bheadh deamhan as ifreann ann. Bhí a chraiceann bán agus bhí bladhairí ina shúile. Labhair sé os íseal ach bhí binb agus fuath ina ghlór.

"Cá bhfuil sé?" a dúirt sé lena bhean.

"Amuigh ansin, leath bealaigh idir tír mór agus muid," ar sí.

Chuaigh siad amach leis an bhád a fheiceáil. Nuair a chonaic sé an chros ar an tseol, lig Tadhg scread uafásach as a chroith na sléibhte agus a chorraigh na cnoic.

"Críostaithe atá iontu cinnte," a dúirt sé. "Níl a fhios agam cé iad féin, ach caithfidh muid iad a stopadh. Tá cuid de na Críostaithe sin an-láidir. B'fhéidir go bhfuil draíocht acu atá níos láidre ná draíocht s'againn féin. Ná ligimis daofa teacht i dtír anseo, ar eagla na heagla!"

Chorraigh Úna agus Brian ach ní raibh siad cinnte cad ba chóir daofa a dhéanamh. Bhí siad ag fanacht ar fhocal ó Thadhg.

"Go dtí an uaimh," a scairt sé. "Gasta!"

Bhog achan duine acu. Rith siad síos go dtí an uaimh a bhí ag taobh an chladaigh. Chruinnigh siad ar fad istigh ansin sa dorchadas. Chuardaigh Tadhg thart agus thóg sé cúpla seanchnámh. Cnámha páistí a maraíodh agus a hitheadh i bhfad roimhe sin a bhí iontu. Chuimil sé na cnámha le chéile agus go tobann d'éirigh solas astu. Solas glas a las an uaimh ar fad. Thosaigh toit ag éirí ón áit a raibh Tadhg ag cuimilt na gcnámh le chéile. Leathnaigh an toit amach go dtí gur chlúdaigh sí lár na huaimhe. Bhog an toit thart go dtí go ndearna sí pictiúr. Pictiúr de bhád le seol bán agus cros air ag teacht trasna na farraige. Bád Choilm a bhí ann. Chonaic Tadhg go soiléir ansin an namhaid a bhí ag teacht chuige. Ba bheag nár thit an draoi i laige leis an gháire nuair a chonaic sé Colm.

"Duine amháin? Níl ann ach fear amháin! Agus dearc na cosa atá faoi! Ha ha! HA HA HA!"

Ní bheadh aon chontúirt dá theaghlach óna leithéid d'fhear féasógach. Lig sé gáir scáfar áthais as.

Thosaigh Tadhg ag feadaíl. Feadaíl fhada ghéar.

Chruinnigh an fheadaíl sin na néalta uilig a bhí sa spéir, á dtógáil le chéile ina meall mór dubh. Thosaigh na scamaill uilig ag ísliú. Chruinnigh siad thart ar an oileán. Chlúdaigh siad an t-oileán ar fad! Ní raibh sé le feiceáil ní ba mhó. Ní bheadh bealach ar bith ag Colm le fáil fríd an cheo draíochta seo!

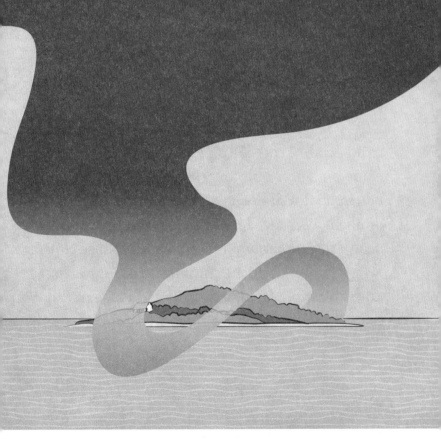

An Ceo

2.33 pm Dé Céadaoin, 24 Meitheamh:
Amuigh ar an fharraige

Bhí Colm amuigh ar an bhád agus spionn maith air. Bhí an lá go deas agus bhí séideadh bog gaoithe ag bualadh ar a aghaidh. Chaoch sé a shúil agus amuigh ansin os a chomhair, thart fá thrí mhíle ar shiúl, bhí Oileán na nDraoithe.

Rug sé greim ar a bhata mór. Bhí sé ag súil le troid ach bhí rud eile ag déanamh imní dó. Bhí a fhios aige go raibh an triúr draoi amuigh ar an oileán ábalta draíocht a dhéanamh ach ba bheag draíocht a bhí aige féin. D'fhoghlaim sé cúpla cleas beag draíochta nuair a bhí sé óg ach bhí sé cloiste aige go raibh draíocht chumhachtach dhorcha ag an triúr istigh. Cibé seans a bheadh aige in éadan ceann amháin acu, bhí a fhios aige gur beag seans a bheadh aige in aghaidh an triúir acu le chéile. Bhí brón air anois nár lig sé do Dhuach teacht isteach chun an oileáin leis. Bhí sé beag ach bhí draíocht mhaith ar eolas aige. Shocraigh Colm ar phaidir a rá, b'fhéidir go dtabharfadh Dia cuidiú dó.

I lár a chuid paidreacha a bhí sé nuair a chonaic sé rud an-aisteach ag tarlú sa spéir. Ní fhaca sé rud ar bith cosúil leis ariamh. Shílfeá go raibh an ghaoth ag séideadh ó gach aird ag an aon am amháin. Bhí néalta ag rith go gasta ó gach coirnéal den spéir, iad ag bogadh le chéile, ag rith isteach ina chéile agus ag cruinniú thart os cionn an oileáin. Níor thuig Colm cad a bhí ag tarlú.

Ansin, baineadh geit mhór as Colm. Thosaigh na néalta uilig go léir ag titim. Ar dtús tháinig siad le chéile i staic mhór. Bhí cuma tornádó ar na néalta a bhí ag éirí dubh agus ag toiseacht ag rith thart ar a chéile. Bhuail an staic scamall an t-oileán agus thosaigh sé ag spréadh amach go dtí go raibh an t-oileán ar fad clúdaithe le ceo tiubh. Ní raibh néal amháin fágtha sa spéir. Bhí sí go hiomlán gorm ach bhí Oileán na nDraoithe imithe as radharc faoin cheo throm dhorcha.

Sheol Colm ar aghaidh ina bhád beag, idir iontas agus eagla mhór air. Ní raibh a fhios aige cad ba cheart a dhéanamh. Mura mbeadh sé ábalta teacht i dtír ar an oileán, cén dóigh a mbeadh sé ábalta na draoithe a dhíbirt? Bhí sé go fóill míle amháin ar shiúl ón mheall mhór ceo. D'fhéadfadh sé tiontú thart agus imeacht leis 'na bhaile. Cad ba cheart dó a dhéanamh? Smaointigh sé ar Dhuach agus ar Bheaglaoch agus ar an gháire mhór a bheadh acu nuair a gheobhadh siad an scéala nach bhfuair Colm cóngarach go leor don oileán lena chos a leagan air fiú.

Gan choinne thit ciúnas iomlán. Ní hamháin nach raibh Colm ábalta aon rud a fheiceáil ach ní raibh sé ábalta aon rud a chluinstin ach an oiread. Ní raibh siosarnach an uisce le cluinstin faoina bhád, ní raibh scairteach na bhfaoileog ná séideadh na gaoithe le cluinstin. Dada.

D'imigh an ghaoth as seol an bháid agus thosaigh sé a bhogadh leis na feachtaí farraige. Anois ní raibh a fhios ag Colm an raibh sé ag dul sa treo cheart ar chor ar bith. B'fhéidir go raibh an bád á iompar amach ar an fharraige mhór, nó

34

b'fhéidir isteach ar charraigeacha contúirteacha, áit a mbrisfí é.

Rug Colm greim ar a bhata mór agus sháigh sé isteach san uisce é. Rinne sé iarracht an bád a stiúradh leis ach ní raibh maith ar bith ann. Ní maide rámha ceart a bhí ann. Níor éirigh leis aon ní a dhéanamh ach an bád a chasadh thart san uisce cúpla uair. Bhí sé go hiomlán caillte!

Bhí a dhóchas ag trá nuair a thug sé rud aisteach faoi deara. Nuair a thóg sé an bata amach ón uisce bhí loinnir airgid le feiceáil ag bun an bhata, an giota de a bhí sáite san uisce. Cineál de sholas breac a bhí ag teacht uaidh amhail is gur miotal geal faoi sholas na gréine a bhí ann.

"In ainm Dé, caidé seo?" arsa Colm leis féin. Ansin, go tobann d'imigh an dath agus an solas den bhata. Lean an bád ar aghaidh ag bogadh san uisce. Bhí Colm fágtha sa dorchadas cheomhar arís.

Cé gur fear breá láidir a bhí i gColm, chuir rudaí mar seo eagla air — rudaí nach raibh sé ábalta a mhíniú. Chaith sé uaidh an bata ar urlár an bháid, eagla air é a thógáil. Shuigh sé ansin ag stánadh air. Bhí sé cinnte anois go raibh an cinneadh contráilte déanta aige teacht isteach anseo sa cheo. Rómhall a bhí sé anois áfach, tiontú agus dul siar. Tuige a raibh sé chomh ceanndána sin?

Thart agus thart san uisce a bhí an bád ag bogadh i rith an ama. Ansin, arís las bun an bhata suas. Ba bheag nár thit Colm bocht isteach san uisce leis an gheit a baineadh as. Chúlaigh sé siar go cúl an bháid gan a shúile a bhaint den bhata. Ansin arís, i bhfaiteadh na súl d'imigh an dath agus an solas as.

Rith sé le Colm gurbh é an rud ba chéillí a thiocfadh leis a dhéanamh ná léimt isteach san uisce agus toiseacht a shnámh. Bhí na héadaí is fearr á gcaitheamh aige ach ba chuma leis, b'fhearr leis iad a chailleadh ná fanacht sa bhád seo leis an bhata aisteach sin. Thosaigh sé ar a chuid éadaigh a bhaint de nuair a bhuail smaointiú é. D'amharc sé arís ar an bhata. An bhféadfadh sé bheith...? B'fhéidir! Shín sé amach a lámh go faichilleach agus leag sé méar ar an bhata. Níor tharla aon rud. Go mall chuir sé a lámh iomlán thart ar an bhata. Arís níor tharla a dhath ar bith. Tháinig uchtach chuige agus rug sé greim ceart ar an bhata agus thóg sé é. Níor tharla aon rud.

Ansin go cúramach shín sé amach an bata agus thosaigh sé á bhogadh thart go mall san aer. Agus an bata sínte i dtreo dheireadh an bháid ag Colm, tháinig an dath agus an solas ar ais air. Níor baineadh siar as Colm an uair seo, bhí sé ag súil go dtarlódh sé seo. Bhog sé an bata níos faide thart i gciorcal agus d'imigh an solas as. Bhog sé siar ar ais é chuig deireadh an bháid agus las sé suas arís. Mhothaigh Colm faoiseamh agus áthas. Compás a bhí ann! Ní thiocfadh leis a bheith cinnte de, ach chuirfeadh sé geall airgid air gur las an bata suas gach uair a bhí sé sínte i dtreo an oileáin.

Ghabh sé paidir ghasta le Dia agus bhain sé de a chuid bróg. Ní bhíonn a lán buntáistí ag daoine le cosa móra. Go minic bíonn boladh ó chosa beaga. Samhlaigh an boladh millteanach a bhíonn ó chosa méid 57! Corruair bíonn daoine ag magadh ar dhuine a bhfuil cosa ollmhóra aige, ag scairtigh ainmneacha cosúil le "Spága Sáspain" air. Sin ráite, aontóidh tú liom go bhfuil rud amháin an-mhaith faoi chosa agus go speisialta bróga móra, déanann siad céaslaí iontacha!

Sháigh Colm a bhróga san uisce agus thosaigh sé a chéaslú, ag dul sa treo a thaispeáin an bata dó. Bhog an bád go mall san uisce ach i ndiaidh ceathrú uair an chloig nó mar sin, chonaic sé rud a chuir gliondar ar a chroí. Grinneall na farraige! Chonaic sé an fheamnach agus na clocha agus ar deireadh chonaic sé an cladach á nochtadh féin roimhe. Bhí Oileán na nDraoithe bainte amach aige.

An Madadh Nimhe

Chomh luath is a leag Colm a chos ar an chladach, d'ardaigh an ceo. Shuigh sé ansin ar an chladach ar feadh cúpla bomaite ag iarraidh a chuid bróg a thriomú. D'amharc sé thart ar an oileán, bhí cuma ghalánta air. Bhí radharc breá aige ar tír mór agus chonaic sé amuigh ansin an cnoc mór ónar chaith sé féin, Duach agus Beaglaoch na crosa. Bhí cuma an-bheag air ón oileán. Ansin smaointigh sé, b'fhéidir nach raibh ann ach an faithne beag ag bun a ghaosáin. Ní raibh radharc na súl rómhaith aige!

Nuair a bhí na bróga tirim go leor le caitheamh, thosaigh Colm á chóiriú féin. Tharraing sé a chlóca mór thart air agus rug sé greim ar a bhata. Anois, bheadh air déileáil leis na draoithe sin. Bhí sé in ainm is a bheith ag iarraidh iad a thiontú ina gCríostaithe agus insint daofa faoi Dhia, ach bhí fearg air fán eachtra leis an cheo agus ní raibh sé cinnte an éistfeadh siad leis ar scor ar bith.

Ba chuma leis, bhí sé ag súil le troid mhaith. Ní raibh troid cheart aige ón am sin dhá mhí roimhe sin nuair a rinne gadaí iarracht a chapall a ghoid. D'fhág sé an gadaí le cos briste agus súil dhubh. Fuair sé amach ina dhiaidh sin, nach gadaí a bhí ann ar chor ar bith ach buachaill óg a bhí ag tabhairt coirce don bheithíoch le hithe. B'éigean do Cholm rith go gasta as an bhaile sin mar tháinig athair agus uncail an ghasúir ar a thóir ag iarraidh é a bhualadh. Bhí brón ar Cholm gur ghortaigh sé an buachaill ach ag an am chéanna, bhain sé sult as é a bhatráil. Bhí sé ag súil go mór le greasáil cheart a thabhairt do na draoithe, go háirid i ndiaidh daofa an cleas ceomhar sin a imirt air.

Bhí Tadhg, Brian agus Úna go fóill san uaimh dhorcha ag breathnú ar Cholm sa toit ghlas nuair a chonaic siad an ceo ag éirí agus é ag teacht i dtír ar an oileán. Bhí iontas ar Thadhg ar dtús nuair a chonaic sé an ceo ag ardú, ach cé go raibh faitíos beag air ar feadh soicind, líon a shúile dubha le fuath agus naimhdeas. Bhí an manach seo níos cliste ná mar a shíl sé. Gach seans go raibh cuid draíochta ar eolas aige nuair a bhí sé ábalta a bhealach a dhéanamh fríd an cheo. Bheadh orthu a bheith cúramach leis an duine seo. D'amharc Tadhg ar a theaghlach agus chonaic sé imní ina súile, cé go raibh Brian ag iarraidh é a cheilt agus aghaidh an mhisnigh a chur air féin.

"Ná bíodh eagla oraibh roimh an mhaistín seo," a dúirt sé leo. "Bhí an t-ádh air fáil fríd an cheo — sin uilig. Cuirfidh muid an madadh nimhe air go bhfeicfidh muid cé chomh láidir is atá sé."

Tháinig mailís ina shúile agus é seo á rá aige agus chonaic a theaghlach an mhire ina ghnúis. Go mall thosaigh siad ag gáire. Bhí siad ag cruinniú misnigh ó Thadhg. D'amharc siad ar an phictiúr de Cholm sa toit ghlas i lár na huaimhe. Chonaic siad é ag cur a chuid bróg ollmhór ar ais air féin agus ag cruinniú a chlóca thart air. Ní raibh dóigh ar bith go mbeadh an fear sin ábalta seasamh in éadan an mhadaidh nimhe.

Airde cúig troithe a bhí sa mhadadh nimhe. Taobh amuigh de na súile dearga i logaill a chinn, bhí sé chomh dubh le pic. Bhí crúba géara fada air a bhí ábalta adhmad agus miotal a strócadh an dóigh chéanna a mbeifeá féin ábalta píosa páipéir a roiseadh. Bhí ruball air a bhí chomh láidir agus chomh tiubh le cos eilifinte. Is iomaí duine a fuair bás de thairbhe buille ón ruball chéanna. Ach ba é an rud ba fhíochmhaire ar fad faoin mhadadh seo ná an cár breá fiacla a bhí aige.

Fiacla fada bána géara! Bhí nimh ina chuid seileog agus d'fhéadfadh deor amháin de fear fásta a mharú. Nuair a bhain sé plaic as duine ar bith, chuaigh an tseileog isteach sa chréacht agus fuair an duine bás láithreach. Ar dhóigh amháin, ba mhór an faoiseamh do na créatúir bhochta a ndéanfadh sé ionsaí orthu, bás gasta a fháil, mar bheadh deireadh leis an phian in aicearracht. Ní mhairfeadh siad beo leis an mhadadh a fheiceáil ag roiseadh agus ag réabadh a gcorp as a chéile.

Ba ghnách leis na draoithe an madadh a choinneáil i bpáirc ar leith a raibh fál draíochta thart uirthi. Chaitheadh siad caoirigh agus gabhair isteach sa pháirc cúpla uair sa tseachtain chun go mbeadh bia go leor ag an mhadadh, ach corruair, nuair a thiocfadh strainséir isteach chun an oileáin, ligfeadh siad an madadh amach le go mbeadh béile ceart aige.

Bhrostaigh na draoithe suas go dtí an pháirc inar coinníodh an madadh. Nuair a tháinig siad a fhad leis an gheafta chonaic siad go raibh an madadh é féin ina sheasamh le taobh an chlaí ag amharc síos ar an chladach agus ar Cholm a bhí anois ag siúl thart ina bhróga fliucha. Bhí pislíní ag sileadh ó bhéal dubh an ainmhí. Thuig sé go raibh dinnéar breá ag fanacht air thíos ansin ar an chladach.

D'ardaigh Tadhg a lámha agus thosaigh sé ag monamar os íseal. I ndiaidh cúpla soicind bhí an draíocht bainte den fhál aige agus sheas sé féin, Brian agus Úna siar. Chomh luath is a chonaic an madadh an triúr acu ina seasamh ar leataobh, thug sé iarraidh ar an gheafta. Rith sé agus in airde leis go dtí go raibh léim an gheafta aige. Níor stad an madadh nuair a bhuail a bhonnaí an talamh, ach lean sé leis ag preabadh síos an cnoc i dtreo Choilm.

A fhad is a bhí seo uilig ag tarlú thuas ar an chnoc, bhí Colm á ullmhú féin thíos ar an chladach. Bhí glugar go fóill ina bhróga ach bhí sé ábalta siúl go measartha compordach iontu. Tharraing sé a chlóca thart air. Bhí a bhata leis agus bhí sé ag amharc thart ag iarraidh a fheiceáil cén áit a raibh na draoithe. Thosaigh sé ag déanamh a bhealaigh suas an cosán caol a tharraing ón chladach suas fríd na dumhaigh.

Chuala sé é sula bhfaca sé é. Shíl sé a chéaduair gur geonaíl ghaoithe a bhí ann ach ansin rith sé leis nár chuala sé drannadh mar sin ar an ghaoth ariamh. Chuaigh an drannadh go smior ann. D'amharc sé suas ach ní raibh sé ábalta aon rud a fheiceáil ag teacht ina threo. Rith sé suas ar an dumhach ba chóngaraí dó chun radharc a fháil ar cibé rud a bhí ag teacht chuige. Chaoch sé a shúile ach go fóill ní raibh sé ábalta a dhath ar bith a fheiceáil. Ansin, chonaic sé é. Na feagacha móra ag bogadh amhail is dá mbeadh rud inteacht ag rith fríothu. Cibé cén rud a bhí ann bhí sé mór agus bhí sé gasta.

Rug Colm greim daingean ar a bhata. Bhí sé ábalta a dhéanamh amach cá raibh an rud a bhí ag rith chuige ón rian a d'fhág sé sa mhuiríneach, ach ní raibh dul aige an rud féin a fheiceáil. Bhí sé fá chéad slat dó nuair a bhris an madadh amach as an fhéar fhada ar na dumhaigh, é ag léimnigh is ag tafann go fíochmhar i dtreo Choilm.

Ba bheag nach raibh timpiste ag Colm ina bhríste nuair a chonaic sé an arracht de rud a bhí ag teacht chuige. Ní fhaca sé a mhacasamhail de mhadadh mailíseach ariamh ina shaol. Ní raibh aon mhaith ann dó tiontú. Ní raibh aon mhaith ann dó rith. An t-aon rogha a bhí aige ná seasamh san áit ina raibh sé agus troid a dhéanamh leis an bhrúid — é sin nó bás a fháil.

Shocraigh sé a chosa agus shín sé a bhata siar taobh thiar dá dhroim. Bhí paidir ar a bhéal agus an madadh ag tarraingt air. Fiche slat. Deich slat ... bhí sé ábalta an t-olc a fheiceáil i súile an mhadaidh nimhe. Chonaic sé an tseileog ag sileadh as a bhéal, na fiacla. Bhí an madadh san aer. Thug sé léim mhór ar Cholm, ag drannadh. Fuair Colm an boladh bréan óna anáil agus díreach ansin nuair a bhí an madadh fá dhá shlat dó, tharraing sé an bata aniar le gach píosa fuinnimh a bhí ina chorp agus bhuail sé an madadh sa phus. Ag an am chéanna, thóg sé coiscéim ar leataobh sa dóigh is nach dtitfeadh an madadh sa mhullach air. Lig an madadh uaill scaollmhar as agus thit sé síos ar an taobh eile den dumhach, ach ní raibh sé marbh!

Más rud ar bith é, chuir an buille a thug Colm dó deich n-uaire níos mó feirge ar an mhadadh ná mar a bhí air roimhe sin. Chonaic Colm é ag éirí ina sheasamh arís. Bhí fuil ina sruth ó aghaidh an mhadaidh san áit ar bhuail Colm é. Bhí an fhuil sin ag rith isteach i súil an mhadaidh, rud a chuir cuma ní b'fhíochmhaire arís air. Chroith an madadh é féin agus thosaigh sé ag siúl thart ar an dumhach ar a raibh Colm ina sheasamh.

Réitigh Colm é féin arís ag déanamh réidh don chéad ionsaí eile ón mhadadh. Shín sé an bata mór amach roimhe, a aghaidh leis an mhadadh i gcónaí a bhí fós ag siúl thart timpeall na duimhche. I bhfaiteadh na súl agus sula raibh a fhios ag Colm caidé a bhí ag tarlú, léim an madadh arís, a fhiacla ag lonrú sa ghrian. Ní raibh am ag Colm rud ar bith a dhéanamh ach an rud a tháinig go nádúrtha dó. Sháigh sé an bata amach os a chomhair chun é féin a chosaint ón mhadadh, agus cad a tharla ach go ndeachaigh an bata síos díreach i sceadamán an mhadaidh. Bhí an oiread fórsa taobh thiar de léim an mhadaidh go ndeachaigh an bata síos go bun a bhoilg. Thit an madadh síos marbh. Lig Colm uaidh an bata agus thit sé síos ar an ghaineamh ag crith.

An Clóca Mór

D'fhan Colm ar a ghlúine os comhair an mhadaidh. Ní raibh an fuinneamh ann éirí agus bhí a chroí ag bualadh go trom. Sa deireadh fuair sé a anáil le paidir bhuíochais a ghabháil le Dia. D'éirigh sé agus shiúil sé suas go dtí an madadh a bhí ina luí marbh ar an dumhach. Rug sé greim ar an phíosa den bhata a bhí ag gobadh amach as a bhéal agus tharraing sé amach é. Bhí sé lán fola agus putóg.

"Iúch!" a dúirt Colm, an samhnas le cluinstin ar a ghlór.

Thóg sé an bata síos go dtí an t-uisce arís agus thosaigh sé á ghlanadh. Bhí sé an-chúramach gan lámh a leagan ar shalachar an mhadaidh a bhí ar an bhata, ar eagla nimh a bheith ann. Nuair a bhí sin déanta aige, thug sé aghaidh arís ar an chnoc as ar tháinig an madadh. Caithfidh sé go raibh na draoithe thuas ansin. Ní raibh aon smaointiú ina chloigeann níos mó fána dtiontú ina gCríostaithe. Cogadh a bhí ann anois, idir é féin agus fórsaí an oilc. Bhí fearg agus fuath ina chroí ag Colm do na draoithe, agus ní bheadh sé sásta go mbeadh siad marbh aige!

Thuas ar an chnoc bhí Tadhg, Brian agus Úna ag amharc ar an troid idir an madadh agus Colm. Rith sé deacair orthu a chreidbheáil go bhfuair Colm an lámh in uachtar ar an mhadadh agus gur fhág sé ina luí marbh é. Thosaigh Úna ag caoineadh agus bhí Brian geal bán san aghaidh. Bhí an chinnteacht imithe ó shúile Thaidhg anois agus bhí eagla agus b'fhéidir rud beag den mheas le feiceáil iontu. Ach ní raibh sé buailte go fóill. Níor oibrigh an draíocht agus níor oibrigh an neart. Shocraigh sé go raibh sé in am a bheith cliste.

"Tá plean agam," a dúirt sé lena theaghlach i ndiaidh tamall tosta. "Chuala mé faoi na Críostaithe seo. Níl cead acu foréigean a úsáid nuair a chuirtear fáilte rompu."

"Ach an madadh...!" a dúirt Brian.

"Ná bac leis sin. Rachaidh muid síos chuige. Cuirfidh muid fáilte roimhe. Déarfaidh muid leis go raibh an madadh ag rith saor, go raibh sé dár gcrá. Ligimis orainn go bhfuil fáilte mhór roimhe. Déarfaidh muid leis go bhfuil muid ag iarraidh faoisidin agus baisteadh, go bhfuil muid ag iarraidh a bheith inár gCríostaithe."

Bhí an chaint ag teacht ó Thadhg ina rabharta gasta anois.

"Iarrfaidh muid air fanacht tamall le hinsint dúinn fán Chríostaíocht agus beidh sé sásta. Ansin, nuair nach mbeidh sé ag súil leis, san oíche, tiocfaidh muid ar ais agus cuirfidh muid deireadh leis!"

Tháinig an tseanloinnir ar ais ina shúile agus an plean ag teacht le chéile ina intinn. Stad Úna ag caoineadh, d'amharc Brian ar a athair agus shamhlaigh sé go dtiocfadh leis an phlean sin oibriú amach go breá. Bhí na Críostaithe sin chomh hamaideach lena rialacha fá chineáltas agus grá. Bheadh siad ábalta an Chríostaíocht chéanna a úsáid le cleas a imirt ar Cholm agus deireadh a chur leis. Chaith siad bomaite eile ag caint lena chéile ag socrú an phlean agus ansin, síos leo go dtí an cladach in airicis Choilm.

Leath bealaigh suas an cnoc a bhí Colm nuair a chonaic sé na trí thoirt ag teacht anuas ina threo. Bhí sé ar a fhaichill láithreach. Idir ceo draíochta agus madadh nimhe, ní raibh sé cinnte cén cineál cleasaíochta a bheadh ar bun acu anois. Bhí mearbhall iomlán air nuair a chuala sé Tadhg ag scairtigh amach:

"Fáilte, céad míle fáilte romhat, a strainséir!" Caidé faoi Dhia? D'ardaigh sé a bhata.

"Níl aon ghá leis an bhata sin, a chara, tá míle fáilte romhat anseo," a dúirt Tadhg. Níor íslimh Colm an bata.

"Éist, chonaic muid an rud a tharla. Bhí muid amuigh fá choinne siúlóide agus chonaic muid an madadh sin ag déanamh ionsaí ort. Buíochas do Bhalor gur mharaigh tú é. Bhí muid féin cráite leis. Tá tú i ndiaidh gar mór a dhéanamh dúinn agus tá muid buíoch díot."

Níor thuig Colm an chaint seo ar chor ar bith. An iad seo na draoithe céanna a raibh scéal cluinste aige fúthu? Na págánaigh a d'ith páistí don dinnéar? Caidé an fáth a raibh siad chomh cairdiúil leis? Níor ísligh sé an bata go fóill. Caithfidh sé gur cleas eile a bhí ann.

"Agus bhí tú caillte sa cheo fosta," a dúirt Úna. "Ní fhaca muid aimsir mar sin le fada. Bhí muid díreach réidh le dul amach inár mbád le tú a thabhairt i dtír, nuair a d'éirigh an ceo. Ba mhór an faoiseamh dúinn é nuair a chonaic muid go raibh tú slán."

Bhí meangadh mór fáiltiúil ar bhéal Bhriain fosta. Ní raibh a fhios ag Colm caidé a bhí ar siúl. B'fhéidir go raibh sé mícheart, b'fhéidir nach draoithe olca a bhí iontu ar chor ar bith.

"Ní sibhse a chuir an ceo agus an madadh orm mar sin?" a dúirt sé.

"Ní muid tháinig muid le fáilte a chur romhat. Ní minic a fhaigheann muid cuairteoirí istigh anseo," a dúirt Tadhg.

"Ach chuala muid go raibh sibh in bhur bpágánaigh agus gur ith sibh páistí óga don tsuipéar," a d'fhreagair Colm.

"Muidne? Ag ithe páistí?" arsa Tadhg.

"Caithfidh sé go bhfuil tú ag smaointiú ar dhaoine eile, ní itheann muidne páistí anseo."

D'amharc Tadhg go gáireach ar an bheirt draoi eile agus thosaigh siadsan ag gáire fosta ag ligint orthu go raibh seo ar an scéal grinn ab fhearr a chuala siad le blianta. I ndiaidh bomaite, lean Tadhg ar aghaidh ag caint.

"Tá lúcháir orainn tú a fheiceáil," ar sé, ag ligint air go raibh sé ag glanadh deora gáire as a shúil. "Ach, tá an ceart agat fá rud amháin. Págánaigh atá ionainn cinnte, ach is págánaigh muid mar gurbh é sin an creideamh a bhí againn nuair a rugadh muid agus níor inis aon duine ariamh dúinn an scéal faoi Dhia. An mbeifeá sásta é a insint dúinn?"

Bhal, fágadh Colm ina stumpa balbh. Bhí fearg air i gcónaí fán cheo agus fán mhadadh, ach b'fhéidir go raibh na daoine seo ag insint na fírinne dó agus go raibh siad ag iarraidh a bheith sábháilte. Má bhí brón orthu agus má bhí siad sásta foghlaim fá Íosa Críost agus an Chríostaíocht, bhal, cén dóigh a dtiocfadh leis iad a mharú!

"Ní chreideann tú muid," arsa Tadhg. "Agus

tuigim duit, i ndiaidh gach rud a chuala tú fúinn agus ar tharla duit inniu. Éist, déanfaidh muid margadh leat. Tabharfaidh muid píosa talaimh duit le teach a thógáil ann. Tiocfaidh muid anuas anseo le bheith ag éisteacht leat achan lá agus thig leat insint dúinn fán Chríostaíocht."

Smaointigh Colm go raibh an moladh seo réasúnta ach ní raibh sé cinnte go fóill. Fá dheireadh shocraigh sé a dhul sa tseans.

"Ceart go leor, seo an margadh. Cuirfidh mise mo chlóca síos ar an talamh agus cibé méid talaimh a chlúdaíonn sé, bíodh an talamh sin agamsa mar áit le teach a thógáil. Fanfaidh mé tamall agus inseoidh mé scéal na Críostaíochta daoibh. Ach bíodh a fhios agaibh seo," arsa Colm agus faghairt ina shúile, "má tá sibh ag smaointiú ar chleas a imirt orm, gheobhaidh sibh uaim an *wedgie* is mó a fuair sibh ariamh aroimhe!"

"Ó, nimhneach!" arsa Tadhg ag cuimilt a thóna. "Bíodh sé ina mhargadh."

Bhain Colm an clóca mór de agus leag sé an clóca síos ar an talamh. Bhí an clóca mór go leor ach níor chlúdaigh sé níos mó ná cúpla méadar cearnaithe ... nó an raibh sin fíor? Bhí an chuma ar an chlóca go raibh sé i bhfad níos mó ná mar a bhí sé nuair a chuir Colm air féin an mhaidin sin é. Dar Dia, bhí!

Ní raibh radharc na súl rómhaith ag Colm ach ní thiocfadh leis gan a thabhairt faoi deara cad a bhí ag tarlú. Bhí an clóca ag fás agus ag fás! Thosaigh sé ag spréadh amach ar fud an talaimh uilig agus gan cuma air go raibh stad ar bith ag teacht air. Baineadh stangadh uafásach as Tadhg, Brian agus Úna agus thosaigh siad ag rith ar gcúl.

Ní fhaca siad rud ar bith cosúil leis seo ariamh aroimhe. Lig Colm gáir as.

"Á há! BHÍ sibh ag iarraidh bob a bhualadh orm, mar sin."

Lean an clóca ar aghaidh ag leathnú amach, na draoithe ag rith roimhe go dtí go raibh an t-oileán

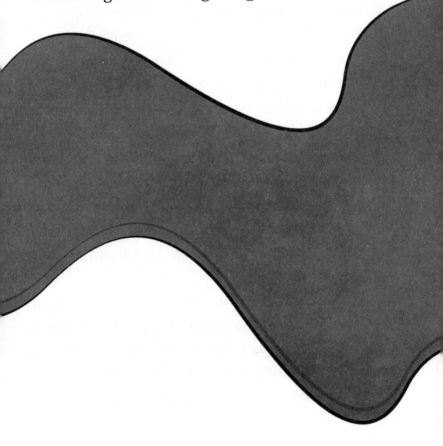

uilig clúdaithe aige. Bhí na draoithe cúngaithe isteach ar an chladach ag an chlóca. Ní raibh aon rogha acu ach a dhul isteach san fharraige. Thosaigh siad ag mallachtaigh agus ag croitheadh dorn le Colm ach ba chuma leis, lean seisean leis ag gáire agus ag gáire.

"Caidé a dhéanfaidh muid?" a scairt Úna.

"Níl a dhath a thig linn a dhéanamh ach a dhul ar an tsnámh," arsa Tadhg. "Fanaigí liomsa agus déanfaidh muid iarracht a dhul go tír mór."

Scairt sé gach mallacht ar Cholm. Dúirt siad leis go raibh a chloigeann cosúil le liathróid chispheile, go raibh sé chomh ramhar le heilifint agus chomh míofar le tóin asaile. Ach níor chuala Colm iad. Bhí sé thuas ar an chnoc ag amharc orthu agus é sna trithí dubha gáire. Leis sin, léim Tadhg, Brian agus Úna isteach san fharraige agus thosaigh siad ag snámh.

Bhí Colm ar bís. Bhí an t-oileán tógtha aige agus bhí ruaig curtha aige ar na draoithe. Nuair a bhí na draoithe ar shiúl leo ar bharr na dtonn, thosaigh an clóca ag crapadh arís agus roimh i bhfad bhí sé ar ais ag an ghnáthmhéid.

Thóg Colm an clóca agus tharraing sé thart fána ghuailneacha é. D'amharc sé amach ar na draoithe san uisce arís. Chonaic sé iad leath bealaigh idir Oileán na nDraoithe agus tír mór. Ansin smaointigh sé nach bhfuair sé réidh leis na draoithe ar chor ar bith. Bhí siad glanta amach as Oileán na nDraoithe aige ceart go leor, ach cén mhaith é sin, má bhí siad chun toiseacht as an nua ar tír mór — ag cleachtadh draíochta agus ag ithe páistí amuigh ansin.

"Is mór an trua nár thug mé an *wedgie* daofa!" ar seisean leis féin. "Fuair siad ar shiúl. D'éalaigh siad. Tá meancóg mhór déanta agam!"

Ach, caidé a thiocfadh leis a dhéanamh? Lig sé osna.

"Bhal, a Dhia, beidh tú ag éirí tuirseach de bheith ag éisteacht le mo chuid paidreacha inniu!" Chrom sé a chloigeann agus an phaidir ar a bhéal. Ansin, shín sé amach a bhata i dtreo an triúir a bhí ar an tsnámh. Go tobann tháinig splanc bhán thintrí amach as an bhata.

Amuigh ar an fharraige, bhí Tadhg fós ag mallachtaigh. Bhí sé fliuch báite agus ní raibh spionn rómhaith air. Bhí Úna san uisce lena thaobh ach bhí Brian píosa taobh thiar ag snámh ar a dhroim. Chuir seo fearg mhór ar Thadhg.

"A Bhriain, a mhaistín, goitse gasta. Caithfidh muid deifriú nó tiocfaidh sé inár ndiaidh…."

Níor éirigh le Tadhg an abairt a chríochnú. Ag teacht chuige ó Oileán na nDraoithe bhí bladhaire mhór bhán. Chonaic sé sa tsoicind dheireanach sin an fear beag féasógach ina sheasamh ar an chnoc in Oileán na nDraoithe agus cuma air go raibh sé ag baint an-sult go deo as an chraic!

Nuair a bhuail an splanc na draoithe, tháinig stad láithreach leo agus rinneadh trí charraig díofa i lár na farraige. Tá siad ansin go dtí an lá seo.

An Deireadh

Tharla seo uilig na céadta bliain ó shin, agus tá Tadhg, Brian agus Úna ina luí san fharraige go fóill. Bhí draíocht láidir acu agus tá cuid den draíocht sin iontu go fóill. Nuair a rinne Colm carraigeacha díofa, níor smachtaigh sé an draíocht uilig a bhí i dTadhg, Brian agus Úna.

Deir na seandaoine go bhfaigheann na draoithe seans eile a bheith beo achan seacht mbliana, go n-athraíonn siad ar ais arís ina ndaoine agus go dtosaíonn siad ag snámh isteach go tír mór. Deirtear má bhaineann siad an talamh amach go mbeidh trioblóid mhór ann dúinn uilig. Tosóidh siad ar pháistí a ithe arís agus bí cinnte de go mbeidh go leor tóineanna nimhneacha ann mar

61

tá mé cinnte de go mbeidh siad ag iarraidh *wedgie* a thabhairt do gach Críostaí in Éirinn! Ach má fheiceann aon duine iad, caithfidh siad dul ar ais agus fanacht seacht mbliana eile ina gcarraigeacha. Sin a deir na seandaoine cibé ar bith!

Níl a fhios agam fútsa, ach tá a fhios agam rud amháin cinnte, beidh mise ag amharc amach ar an fharraige achan lá as seo amach, le déanamh cinnte de nach mbogann siad arís!

D'inis athair mór Phroinsias an scéal seo dó nuair a bhí sé ina ghasúr beag. Dúirt an seanduine leis go bhfaca sé an trí charraig ag tiontú isteach i ndaoine agus ag snámh i dtír. Tá eagla ar Phroinsias ó shin i leith.

Tá cónaí ar Phroinsias in Árainn Mhór agus tá na carraigeacha le feiceáil ón fhuinneog ina chistin. Gach maidin nuair a itheann sé a bhricfeasta (Weetabix le banana, de ghnáth), amharcann sé amach orthu le déanamh cinnte nach bhfuil Tadhg, Brian agus Úna ag bogadh arís!